Natal Felintro

Romance

O ENCONTRO DE JOSÉ E MARIA

1ª edição

Santo André
INDEPENDENTLY PUBLISHED
2020

Dados Internacionais de Catalogação na Publicação (CIP)
(Câmara Brasileira do Livro, SP, Brasil)

```
Felintro, Natal
   O encontro de José e Maria : romance / Natal
Felintro. -- 1. ed. -- Santo André, SP :
Ed. do Autor, 2020.

   ISBN 978-65-00-10654-1

   1. Contos brasileiros 2. Histórias bíblicas
3. Jesus Cristo - Família 4. Natal - Contos
I. Título.

20-46868                              CDD-B869.93
```

Índices para catálogo sistemático:

1. Contos de Natal : Literatura brasileira   B869.93

Maria Alice Ferreira - Bibliotecária - CRB-8/7964

SUMÁRIO

PREFÁCIO

O ENCONTRO DE JOSÉ E MARIA, relata acontecimentos de 2020 anos, antes da anunciação profética do Anjo Gabriel. Aborda aprendizados do cotidiano, passagens da História e milagres surpreendentes de Jesus que, assim como seus pais terrenos, foi escolhido por Deus para nortear e abençoar a humanidade para todo o sempre.

O ENCONTRO

Fazia muito calor na cidade de Judá no dia em que José saiu para trabalhar de carpinteiro, na construção de um puxado na casa de Ana e Joaquim.

Enquanto preparava a madeira pesada, apareceu a filha mais nova do casal, que ofereceu um copo de água fresca do cântaro. José bebeu, olhando nos olhos da moça que se apresentou como Maria. Nos dias seguintes, José a observou e tentou ganhar confiança para fazer um pedido de namoro.

Dois anos depois, José e Maria se casaram com a promessa celestial de passar o resto da vida juntos. Como costume do seu povo, o pai da noiva pagou as despesas da festa de casamento.

José estava com 21 anos de idade e Maria tinha sete a menos. Foram morar na casa nova que José construiu com a ajuda da família, para receber o filho do Nosso Senhor, materializado em seus sonhos.

O pequeno lugarejo de Nazaré ficava na encosta de um morro, com vista para os vales e a cadeia de montanhas. As paredes e o piso da casa foram construído com pedras. Havia diversos bancos, esteiras para dormir no chão, panelas de barros, pratos e potes de pedra. À noite, a claridade vinha de uma chama da lamparina acesa, cujo pavio era molhado no azeite. Suas roupas eram feitas com a trama tecida em um tear de pedal. Na dispensa, ficava o forno de fazer os assados e o moinho de moer os grãos.

Na cozinha, ao redor de uma mesa baixa de pedra, onde Maria recebeu a anunciação quando estava orando de joelhos, ao meio-dia, no dia 25 de março.

O Anjo Gabriel disse: "Alegra-te, cheia de graça! O Senhor está contigo. Não tenhas medo, Maria, porque encontraste graça junto a Deus. Conceberás e darás à luz um filho, que vai chamar Jesus."

Maria ouviu tudo o que o anjo tinha a dizer e perguntou: "Como isso vai acontecer, se sou uma moça pura?". "Como isso vai acontecer?", repetiu o anjo, "Eu vou explicar tudo: o Espírito Santo descerá sobre ti, e o poder do Altíssimo te cobrirá com a sua sombra. Portanto, aquele que vai nascer, será chamado santo, Filho de Deus. Ah, e aproveitando a visita que fiz na tua casa, vou informar que a sua prima Isabel concebeu um filho na velhice, mesmo sendo estéril, pois para Deus nada é impossível".

Com firmeza de espírito, Maria falou: "Eis aqui a serva do Senhor! Faça-se em mim segundo a tua palavra." Depois, não viu mais o anjo.

Nos dias subsequentes, Maria começou a ficar enjoada, sentindo os sinais da gravidez.

Isabel, a prima de terceiro grau, estava com mais de 80 anos de idade, portanto não poderia engravidar naturalmente, porque não estava mais em período fértil. Também foi avisada da vinda do Messias seis meses antes que a Virgem Maria soubesse.

Deus fez tudo em sigilo, preparando uma pessoa de cada vez. Enviou o Anjo à Terra, primeiro para falar com Isabel, no dia em que levou a notícia do nascimento do seu filho João Batista. Surpreendeu o casal de idosos com palavras reveladoras, concretizando o sonho da vida inteira de um dia ter um herdeiro.

O Anjo Gabriel disse que Isabel conceberia seu filho seis meses antes da chegada do Messias que salvaria o povo da Terra. "Ele vai se chamar João, portanto, quando crescer, te deixará muito feliz, porque vai se dedicar ao trabalho em glória do Senhor Deus, e levarás muitas almas para o céu. Isabel! O menino prometido está sendo preparado e será gerado no ventre da sua prima chamada Maria, pois foi ela a escolhida para ser mãe do Salvador, por meio da graça do Espírito Santo."

Durante um tempo, Isabel guardou a profética revelação para si. Depois, falou para o seu marido Zacarias e ninguém mais ficou sabendo.

MARIA FOI VISITAR SUA PRIMA ISABEL

Passados seis meses do dia da revelação, Maria decidiu visitar sua prima na cidade de Judá. Estava muito alegre com a novidade, mas Isabel falou primeiro, revelando tudo o que ouviu da boca do Anjo Gabriel.

No sexto mês de gravidez da sua esposa, o profeta Zacarias sonhou com a revelação do nascimento do seu filho João.

Maria ficou três semanas na cidade de Judá para organizar a casa da prima Isabel para o nascimento do único filho dela, que viria ao mundo da mesma maneira que dizia a profética revelação do Anjo Gabriel.

Um jovem sobrinho de Isabel, com bom preparo físico para percorrer longas distâncias, levou ao povo de Nazaré o recado que nasceu João Batista. Por determinação de Deus, João cumpriria a sua missão terrena de ser um grande líder espiritual quando chegasse à vida adulta.

José, que tinha o dom de interpretar os desígnios divinos por meio dos sonhos, recebeu a visita do anjo, seis meses depois da visita à Maria, dando a ordem da anunciação: "José, filho de David, não temas receber a Maria tua mulher: porque o que dela nascerá é obra do Espírito Santo. Foi você o homem escolhido por Deus para criar seu Filho na companhia da sua esposa Maria."

Nessa época, o imperador César Augusto decretou um recenseamento para saber quantas pessoas habitavam as terras do Império Romano. Os dados seriam fornecidos para a corte controlar a cobrança de impostos.

Como um homem casado, José poderia, ir sozinho à Belém, registrar toda a sua família. Mas Maria ficou receosa, porque, nos dias em que passou na cidade de Judá na casa da sua prima Isabel, certamente foi aconselhada para não ficar longe do marido.

Com a gravidez na fase final, seria mais prudente levá-la na viagem a Belém. Quando José acordou de manhã, mesmo sem terem combinado, Maria havia preparado comida para duas pessoas, dividida em pequenas porções de pães recheados com queijo feito de leite de cabra e azeitonas. Ela estava ainda mais linda, coberta pelo seu manto celestial, quando montou em um burro para começar a longa viagem.

José, que trabalhou muito construindo a casa onde moravam, teve muitas despesas, e, por sorte, deixou os gastos do casamento sob responsabilidade do sogro Joaquim, que fez questão de pagar todos os custos. José queria economizar com a ajuda de Maria, que também ganhava dinheiro tecendo tapetes e cortinas por encomenda no seu tear de pedal. Ela foi preparada em um convento para administrar a vida do casal, deixando sempre uma reserva financeira de emergência, a qual guardava dentro de um lenço com as quatro pontas amarradas.

José ainda tinha a obrigação de cuidar de seu pai, um senhor idoso com doenças pulmonares causadas pelos resíduos tóxicos da serragem. Incapacitado de fazer o trabalho, o velho marceneiro vivia em situação de vulnerabilidade, precisando da ajuda dos filhos para viver com dignidade seus últimos dias de vida.

A VIAGEM A BELÉM

José e Maria deixaram o pequeno vilarejo de Nazaré no clarear do dia. Percorreriam uma distância de cerca de 150 quilômetros, passando pela encosta de um penhasco, com Maria cavalgando em um burro. José, orientado por Deus, caminhava na frente com as rédeas do animal em suas mãos. Todo cuidado seria pouco, porque o imprevisível poderia acontecer. Se o animal do queixo duro se assustasse com a ferroada de uma abelha ou o zunido de uma borboleta, ou até mesmo o canto dos pássaros, poderia sair correndo para tentar se safar do perigo.

Maria não tinha muita habilidade para cavalgar. Decidiu montar pela primeira vez naquele animal. Correu grande perigo, subindo e descendo colinas escarpadas que circundavam os vales de pedras escorregadias.

Depois de viajar um dia inteiro, com algumas paradas para tomar água e comer frutos maduros, chegaram às margens do rio Jordão. José montou uma tenda, onde passaram a noite. O lugar era lugar calmo, e as águas do rio refletiam a claridade da lua e o brilho das estrelas.

Nos primeiros raios de sol, José e Maria retomaram a viagem, aproveitando para adiantar a caminhada na manhã fresca. Fizeram apenas uma parada da hora do almoço, para recuperar a energia antes de subirem a trilha das montanhas no entorno do vale do rio Jordão.

José caminhava a passos lentos sempre na frente, segurando a corda-guia do animal que carregava a Virgem Maria com o menino prometido em seu ventre. De acordo com a profecia, os desígnios de Deus indicaram que o menino nasceria na cidade de Belém.

Quando ainda estava escurecendo, o casal chegou a Jericó, onde havia uma hospedaria próxima a um povoado. Nesse lugar, havia um aparato de acomodação que atendia aos viajantes. José planejou passar a noite, porque poderia tomar um belo banho e trocar de roupa.

Depois de cuidarem da higiene pessoal, sentaram-se à mesa para jantar.

Por coincidência, os móveis tinham detalhes semelhantes ao trabalho artesanal desenvolvido pela família de José. Maria, com seu manto branco, sentou-se ao lado de José, que vestia uma roupa muito branca.

Os dois ficaram em silêncio, e ouviram as pessoas falando alto, opinando contra o regime do governo de Herodes, que acatava as ordens do imperador romano. Não concordavam com um plebiscito autoritário para fazer o registro de recenseamento.

Um homem que parecia um líder local compartilhou uma ideia futurista: se pensassem um pouco mais no bem-estar da população, o certo seria colocar agentes públicos para cadastrar o próprio local de moradia, fazendo um distanciamento social que poderia evitar a disseminação de uma epidemia.

Outro homem disse que estava faltando uma militância política para rebater as arbitrariedades impostas pelo rei Herodes.

Mais gente dava opinião: somente um sindicato organizado poderia criar um partido político, capaz de lutar para mudar a lei. Os líderes eram presos sob acusação de abuso de autoridade e enriquecimento ilícito.

Quando a conversa tomou um viés político, José e Maria começaram a prestar mais atenção em outras pessoas que falavam de economia e do livre comércio entre Jerusalém e Alexandria.

Estava interessante ouvir a opinião de cada viajante, mas tiveram que pedir licença para descansar, pois precisavam seguir viagem ao amanhecer.

Antes de dormir, José hidratou o ressecamento em seus pés com produtos à base de sebo de carneiro. Havia bolhas de água e algumas fissuras. Costurou os sapatos, passou um óleo para lacear o couro, o que proporcionaria mais conforto na caminhada.

No meio da neblina da madrugada, José e Maria retomaram a jornada. Estavam dispostos a mudar o trajeto em 20 quilômetro e passar no Templo de Jerusalém. Conseguiram chegar a tempo da oração do meio-dia, e pediram saúde para o filho que estava para nascer.

Após retomarem a viagem, tiveram que andar a tarde toda para chegar a Belém. No começo da noite, a cidade estava abarrotada de gente. Os dois procuraram vaga para dormir em um albergue, mas os viajantes que chegaram mais cedo ocuparam todos os quartos das hospedarias.

Tiveram sorte, porque os comerciantes gananciosos aproveitaram as dependências do estábulo, onde criavam os animais, para alugar o espaço por um preço menor. O local estava muito bem-cuidado, em boas condições de higiene, e poderia perfeitamente acomodar uma família debaixo de um teto de pedra. Seria muito melhor do que dormir ao relento.

O animal que carregou Maria na viagem a Belém ficou descansando com uma corda amarrada no pescoço. O burro se alimentaria com a grama verde disponível na frente do albergue.

José procurou abrigo na gruta. Ele carregava a bagagem, enquanto Maria cuidava da barriga. Ficaram satisfeitos por poder passar a noite em cima de uma cama feita de capim seco e descansar.

O NASCIMENTO DE JESUS EM BELÉM

Maria mal conseguiu cochilar, sentindo as fortes dores do parto. Naquela noite, o canto do galo anunciou o nascimento do menino Jesus de Nazaré.

A notícia se espalhou pelos campos. Era um aviso de que o Messias havia nascido em Belém com a ajuda de mulheres que certamente foram preparadas por Deus para fazer o parto, obedecendo a todos os procedimentos de assepsia utilizados pelas parteiras da época.

Maria pegou o cobertor feito no seu tear caseiro e agasalhou o bebê recém-nascido, colocando-o delicadamente na manjedoura. Por determinação de Deus, nesse lugar muito simples, onde os camponeses colocavam as rações dos animais, nasceu o seu filho Jesus Cristo.

A voz do Anjo Gabriel havia chegado ao Oriente, convidando os reis magos para festejar a vinda do Messias, que nasceria em Belém na noite de Natal. Eram três homens sábios que foram identificados pelos nomes de Belchior, Baltasar e Gaspar, dizendo terem viajado nove meses. Seguiram o brilho de uma estrela no céu, apontando para o lugar onde o menino Jesus estava deitado em uma manjedoura.

Mesmo com os percalços sofridos no percurso de uma viagem tão longa, os magos controlaram a passada para chegar exatamente na hora do nascimento de Jesus.

Erraram apenas na interpretação de um sinal da estrela-guia, que indicava a direção de Jerusalém. Com isso, chegaram ao castelo do rei Herodes, que não queria em hipótese alguma ver outro rei em seu lugar.

Esse cruel ditador disfarçou suas artimanhas e mostrou-se amigo dos reis magos quando disse: "Eu também quero ir lá, porque preciso adorá-lo! Por favor, quando encontrarem o menino, voltem aqui para me avisar."

Os três reis magos voltaram a caminhar, buscando o sinal da estrela, que recodificou a rota para mostrar o local exato onde estava Jesus menino. Os três entraram juntos para adorar o menino e entregar os presentes. Levaram ouro, incenso e mirra. Depois, partiram por um caminho que passava muito longe de Jerusalém, para não ter que dar satisfação ao rei.

A primeira noite de natal foi muito comemorada, especialmente com a chegada dos pastores que estavam cuidando dos seus rebanhos de ovelhas. Entraram apressados para visitar a Sagrada Família e ficaram felizes de ver o menino recém-nascido, exatamente do jeito que o anjo havia dito.

José e Maria ficaram curiosos para saber como a notícia do nascimento do menino chegou até eles. Os camponeses contaram que um anjo subiu aos céus durante a vigília da noite para anunciar que o Messias tinha acabado de nascer em Belém.

Maria, cansada pelos três dias de cavalgada, segurou o menino nos braços para ouvir atentamente as palavras sábias, porque sabia a importância do seu filho para o futuro da humanidade.

Os visitantes não queriam perturbar a família, então, fizeram a adoração e foram embora para cuidar dos rebanhos.

A VAGA NA HOSPEDARIA

No amanhecer do dia seguinte, José fez seu dever cívico. Apresentou-se onde estavam fazendo o recenseamento para registrar toda a sua família. Encontrou um homem que conheceu na noite anterior, quando se hospedou em Jericó, que quis saber do estado de saúde da Virgem Maria. Esse homem emocionou-se com as condições em que o menino Jesus nasceu, e, sensatamente, abriu mão do quarto na hospedaria para abrigar a Sagrada Família.

José e Maria encontraram um lugar aconchegante, onde ficaram por quase três semanas. Esse tempo foi suficiente para José estabelecer um contato direto com alguns parentes que tinham a mesma descendência do rei Davi.

Entraram num acordo para ficar na casa de um dos seus primos e permanecer na cidade. Vivendo no anonimato, José, que trabalhava como carpinteiro em Nazaré, aproveitou seu tempo para fazer alguns reparos de marcenaria. Com isso, pôde ganhar dinheiro enquanto ficavam em Belém. Maria procurou se recuperar, porque estava fragilizada pela viagem.

Mas o casal desejava voltar para a casa em Nazaré assim que Maria estivesse totalmente restabelecida. Ela teria que andar três dias com o menino Jesus nos braços.

A APRESENTAÇÃO DO MENINO JESUS NO TEMPLO DE JERUSALÉM

No 40º dia de vida de Jesus, Maria e José fizeram o primeiro teste de resistência: caminharam por 10 quilômetros para chegar ao Templo de Jerusalém.

Levaram dois pombos de pequeno porte como oferta de purificação.

Foram recepcionados por um homem muito idoso, que se identificou como Simeão, e pediu para segurar o menino nos braços. Ele levantou a criança acima da sua cabeça e louvou em agradecimento a Deus, com palavras profetizadas que pareciam ter sido ensaiadas: "Soberano Senhor, pode deixar ir em paz o teu servo, pois os meus olhos estão diante do Salvador que veio para contemplar a salvação, trazendo a luz na Terra para iluminar as nações, glorificando todo o povo de Israel."

Simeão devolveu o menino para os braços da mãe. Em tom de premonição, falou do sofrimento que o menino suportaria no futuro. Maria deveria preparar seu coração, porque a dor que ela sentiria seria mais forte do que o golpe de uma espada afiada perfurando o seu peito.

Uma anciã chamada Ana, que estava no templo orando, ouviu as palavras premonitórias. Ela pegou o menino Jesus no colo e declarou publicamente que estava diante do Messias.

José, então, achou mais prudente voltar a Belém para entregar os móveis feitos sob encomenda aos amigos dos seus primos, receber o dinheiro e voltar para Nazaré.

Deus havia dado plenos poderes a José, com a missão de exercer o direito de chefe da Sagrada Família e, assim, mandou uma anjo aparecer à noite para indicar o melhor caminho de fuga. O anjo disse: "Levanta-te, toma o menino Jesus e a mãe Maria, porque Herodes deu a ordem para os seus guardas matarem todos os meninos com menos de dois anos de idade. Confia em Deus que vocês vão encontrar abrigo no Egito."

A FUGA PELO DESERTO

A família partiu imediatamente em uma viagem rumo ao desconhecido, porque precisavam fugir do perigo. Foram pelo mesmo caminho feito pelo José do Egito, no Velho Testamento, para escapar da condenação de seus irmãos, que tentaram vendê-lo para ser escravizado. Teriam que caminhar por aproximadamente 500 quilômetros com o menino Jesus nos braços. O objetivo era encontrar um lugar para pedir refúgio e se abrigar em terra estrangeira. Eles precisavam chegar a território fora dos domínios do rei Herodes para viver em paz.

O menino Jesus sofreu muito com o calor do deserto, mas chorava apenas quando tinha fome. Maria, sempre atenta aos sinais, parava para descansar e amamentá-lo (o aleitamento materno foi a base da nutrição do bebê por mais de dois anos).

De acordo com relatos, houve um milagre no primeiro dia de amamentação do menino Jesus. Maria deixou cair algumas gotas de leite em cima de uma pedra e as paredes ficaram brancas da cor de leite. Esse lugar ficou conhecido como a Gruta do Leite.

Outros milagres aconteceram após o nascimento de Jesus. Houve o dia em que Maria parou para descansar embaixo de uma sombra, enquanto amamentava seu filho, e sentiu vontade de comer um fruto. Jesus ordenou mentalmente que a árvore frutífera se curvasse para saciar a fome da Sagrada Família e todos que estavam ao redor puderam comer. O menino também ordenou que uma fonte de água jorrasse no deserto para matar a sede dos viajantes.

José e Maria depararam-se com os soldados do rei Herodes perguntando aos agricultores sobre uma criança com menos de dois anos de idade. Os camponeses responderam que estavam apenas semeando o trigo, mas não conseguiram explicar como a lavoura brotou e cresceu em um piscar de olhos.

Mais à frente, havia um bando de ladrões esperando para roubar viajantes, mas fugiram ao ver o menino Jesus nos braços da mãe. Os animais ferozes do deserto caminhavam por perto da família para fazer proteção. Algumas árvores secas, desprovidas de folhas, ficavam frondosas e faziam sombras para amenizar o forte calor.

A caminhada pelo deserto de areias escaldantes parecia não ter fim, causando muito sofrimento. A família caminhava há muitos dias, quando depararam-se com um oásis; ali, havia uma floresta, e puderam ver a torre da cidade na linha do horizonte. Um pouco mais à frente, cruzaram a fronteira para ganhar a liberdade.

A CHEGADA DA SAGRADA FAMÍLIA AO EGITO

José, Maria e o menino Jesus chegaram ao Egito sem destino certo para descansar. Entraram no templo Capitólio do Egito, onde havia 365 ídolos para atribuir sacrilégio, um para cada dia do ano. Nesse dia, Maria usava seu manto celestial, e, quando entrou no templo com o filho nos braços, provocou uma grande destruição dos ídolos. Cada um deles desabou do altar e despedaçou no chão.

Um sentinela montou em seu cavalo para compartilhar a notícia com Afrodísio, governador da cidade. O homem fez questão de convocar o seu exército e ver com os próprios olhos.

A população estava reunida na praça, esperando vingança pela destruição dos deuses adorados, mas ficaram perplexos com a atitude do governador Afrodísio. Em silêncio, o líder apenas olhou para os ídolos despedaçados no chão. Sua postura de chefe de Estado contrariou a opinião do povo. Quando o governador chegou perto de Maria, com o menino Jesus nos braços, proferiu o discurso: "Esse é o Messias! Porque se ele não fosse o Deus dos nossos deuses, os nossos deuses não teriam caído por terra diante dele. Dessa maneira, o menino acabou de proclamar que é o Senhor de todos nós. Portanto, se não acreditarmos no seu poder, iremos para o caminho da morte. Pois vejam o que aconteceu com o Faraó rei do Egito, que não deu atenção aos sinais prodigiosos, e todo o seu exército ficou submerso no mar."

Diante daquelas palavras, por meio de Jesus Cristo, o povo da cidade passou a acreditar no Senhor Deus.

O LUGAR ONDE JESUS MOROU NO EGITO

Assim que ganharam a liberdade, José e Maria buscaram um lugar para viver em segurança. Encontraram a paz em um lugarejo chamado Matarieh, sub-distrito da cidade de Heliópolis. Em um futuro muito distante, ventos do local se transformariam em uma abundante fonte de energia. Ali, foi construída uma usina eólica para gerar grande parte da energia utilizada no Cairo.

Por ser um lugar muito árido, Jesus fez brotar uma fonte de águas cristalinas, que jorraram abundantemente do lençol freático, transformando a região num oásis. Essa água abençoada passou a ser usada pelos moradores, que a aproveitaram na irrigação das pequenas plantações e também para saciar a sede dos animais.

A família foi morar na casa dos descendentes do rei Davi, pessoas que tinham laços de parentesco com José. Mesmo sendo um estrangeiro, José foi indicado para trabalhar na construção de um prédio público. Havia poucos profissionais qualificados que pudessem exercer a profissão de carpinteiro. Com sua experiência, ocupou cargo de liderança, mas sonha em voltar para Nazaré.

Como parte de seu trabalho, José planejou construir moradias populares para abrigar a população carente que vivia em cavernas escavadas na pedra.

Maria, embora fosse muito nova, já era madura o suficiente para cuidar do menino Jesus. Estava desposada com José quando nasceu o seu filho primogênito, concebido pela graça do Espírito Santo.

Nos costumes do seu povo, naquele tempo, os casamentos tinham um período para o marido ter sua mulher como esposa.

Sem despertar a curiosidade do povo de Israel, a família começou uma vida nova em uma comunidade muito mais estruturada do que a região da Galileia. Chegaram em terras estranhas, praticamente com as roupas do corpo, e aceitaram a ajuda de pessoas generosas.

Aos 15 anos, Maria estava preparada para enfrentar as dificuldades da vida, porque desde pequena, recebeu instrução acima da média das mulheres do seu tempo, sendo escolhida aos 3 anos de idade para ser entregue aos cuidados das virgens do convento. Teve a oportunidade de ajudar a tecer parte do grande véu do Tabernáculo, onde guardavam a Arca da Aliança. Aprendeu toda a disciplina de uma dona de casa, que incluía ser tecelã e bordadeira.

Foi devolvida para a sua família aos 12 anos com documentos que atestavam a maioridade, idade em que a lei vigente permitia o casamento.

Também aprendeu a escrever muito bem e a ler para estudar os salmos dos profetas, com a missão de passar o ensinamento à frente. Na idade em que casou com José, passou a dividir as responsabilidades de reforçar a renda no sustento da família. Enquanto cuidava do menino Jesus, trabalhava na confecção das vestimentas dos moradores de perto da casa que dividia a moradia.

OS PRIMEIROS PASSOS DE JESUS

No primeiro ano da sua infância, Jesus estava sempre nos braços de Maria, que o ninava e cantava as canções, levando a vida que pediu a Deus. Na hora de colocá-lo para dormir, olhava sorridente para o filho e via a imagem de um anjo.

Depois que completou o primeiro ano de vida, Jesus começou a engatinhar, rastejando na areia do jardim. Caía, mas se levantava para aprender a andar, e logo começou a falar, articulando as palavras com muita fluência.

Nessa idade, deixou de usar as faixas que envolviam o corpo, como aquela que sua mãe escolhia para ele dormir na manjedoura. Passou a vestir as primeiras peças de roupa, ficando mais livre para correr e brincar.

Maria começou a alimentar o menino Jesus com sopa à base de proteína de peixe assado. Complementava as refeições com uma sobremesa, que poderia ser um doce caseiro ou um pequeno pedaço de favo de mel silvestre.

Aos dois anos de idade, Maria permitia que Jesus brincasse com outros meninos no jardim. Havia seis garotos da mesma idade, que moravam na vizinhança, incluindo alguns conhecidos que fugiram do ataque do cruel ditador.

Durante o tempo em que as crianças brincavam, havia sempre uma pessoa adulta tomando conta delas. Os pais deram a Jesus a liberdade de viver num ambiente sadio, onde pudesse crescer em convívio com outras pessoas. Maria guardava consigo o segredo de criar o filho prometido com a ajuda do seu marido José, que também preferiu não fazer nenhuma revelação.

Aos três anos e dois meses, Jesus brincava com um barquinho feito de cascas de madeira. Sua mãe estava ao seu lado, e enchia o cântaro d'agua no reservatório do povoado. As pessoas passavam e admiravam a inocência do menino, observando o seu brinquedo flutuando. Um homem disse que uma criança naquela idade devia estar matriculada na escola da sinagoga. Mesmo sendo o filho de uma família estrangeira, não poderia ficar sem estudar.

O sujeito aparentava ser uma pessoa muito educada, por isso Maria permitiu que ele se aproximasse. Estava com um filhote de cachorro na mão e o deu para o menino Jesus criar.

Após o almoço, José trabalhava na sua marcenaria improvisada. Com a enxó na mão, desbastava um tronco de madeira e não viu Jesus aproximar-se com timidez, escondendo algo em um pedaço de pano. Ao ver o pai, o menino deu um belo sorriso e mostrou o cachorro, dizendo que o ganhou de um homem.

Assustado, José mandou o filho o devolver, porque o animal seria uma boca a mais para comer, o que aumentaria as despesas. Eles estavam poupando dinheiro para o momento de voltar para a Galileia, onde estavam a família e a maior parte dos descendentes ao trono do rei Davi.

Diante da negativa do pai, Jesus ameaçou um soluço, deixando duas lágrimas escorrerem. Para provar a José que não haveria gastos extras com a comida, encheu um prato de água, passou as mãos por cima e, como num passe de mágica, transformou o líquido em leite. O pequeno cão bebeu com a ponta da língua.

Assustado com o milagre da transformação de água em leite, José surpreendeu-se com a chegada de um homem, que trazia o esboço de um trabalho urgente, solicitado por um juiz. Ao ver o projeto, percebeu que se tratava de uma cruz. Alguém seria crucificado.

O nobre carpinteiro entrou em desespero, tentando convencer o mensageiro da corte que não poderia aceitar o serviço para construir aquele objeto de tortura, pois estava com encomendas atrasadas.

Todo o tipo de lamento não foi suficiente para convencer o intermediador, que disse implorando: "Você sabe que pode ser castigado pela sua desobediência, portanto, digo que não vai ter outra escolha. Essa cruz tem que ficar pronta amanhã cedo, porque o réu será julgado e executado no final da tarde."

Na hora em que o homem estava saindo, José retrucou: "Seja lá o que possa me acontecer, não vou fazer."

José ficou pensativo durante a noite.

Tentou interpretar o formato do desenho técnico, que atendia a padrões específicos, com símbolos e frases marchetadas na madeira. Como havia passado da hora de ir para cama, Maria percebeu a preocupação do marido e também desesperou-se ao ver o desenho da cruz no papel.

José disse que não faria aquele trabalho sujo, pois tinha uma reputação a zelar, mas se preocupava muito com a segurança da família. Ele pensou em fugir do Egito, mas não tinha destino certo, pois há três anos não recebia notícias da sua terra. Voltar para casa seria um risco, porque havia enganado os guardas de Herodes, que certamente ainda procuravam as crianças para matar.

Por ser um homem procurado, José ficou em pânico ao imaginar o que poderia acontecer. Era um foragido da lei impiedosa do rei Herodes. Mas sentiu-se mais forte ao ser encorajado por Maria, que concordava com a fuga. Ela disse:

"Vamos pedir inspiração a Deus para iluminar o nosso caminho."

A VOLTA PARA NAZARÉ

José repousou com a ideia fixa de fugir, mas precisava de uma iluminação. Ele recebeu uma mensagem ao fechar os olhos. O anjo do Senhor apareceu em seu sonho para avisar que Herodes estava morto. O anjo disse: "Levante, acorde o seu filho e a sua esposa, sigam para a terra de Israel, pois aquele que queria tirar a vida do menino já está morto."

José despertou com as palavras do anjo em sua cabeça. Acordou Maria, pegou Jesus adormecido, e começaram caminhar. Partiram para uma fuga secreta. Não foram vistos pelos soldados bárbaros, que fiscalizavam a fronteira.

José e Maria caminharam em direção a Israel, com o objetivo de chegar a Nazaré, na região da Galileia. Eles queriam viver perto da família, na mesma casa construída com a ajuda dos dois irmãos de José. Jesus passou a ser chamado de Nazareno, como estava profetizado.

Viveram cercados de pessoas conhecidas, que acompanharam o crescimento de Jesus, mas sabiam ainda do mistério da Virgem Maria. Sentiram-se mais seguros ali, para criar Jesus em um ambiente rodeado de amigos e de paz. Naquela época, a região era governada por Herodes Antipas, filho do rei Herodes. As leis em vigor naquela parte da Judeia passaram a ser menos severas.

Havia demanda por mão de obra qualificada para reconstruir a cidade de Séferis, que ficava a sete quilômetros de Nazaré. Esse lugar era um grande centro comercial, que foi incendiado por militantes, logo após a morte do rei Herodes. O governador Herodes Antipas, que ganhou a província para governar, revoltou-se com a morte dos morado-

res. Seria uma questão de honra reconstruir a cidade e, assim, abriram vagas
para pessoas em busca de ocupação na
construção civil.

A SAGRADA FAMÍLIA EM NAZARÉ

Após o primeiro ano morando em
Nazaré com a família, José trabalhou na
reconstrução da cidade de Séferis. Seu
salário garantia uma vida mais confor-
tável para a Sagrada Família, incluindo
uma casa própria para morar.

Maria dedicava-se integralmente
aos serviços domésticos, assumindo a
responsabilidade direta pela educação
formal e religiosa de Jesus. Tinha também a missão de ensinar ao seu pequeno Jesus a regar as plantas do jardim,
semear as mudas na horta, colher flores
no campo para fazer o enchimento de
colchões e travesseiros. O contato direto com a natureza fazia parte do aprendizado de uma criança curiosa.

No momento em que estava desper-
tando para a vida, Jesus se distraía com
um tatuzinho de jardim que se movia
na areia; também sorriu muito a primeira vez em que assoprou uma pétala da
flor dente-de-leão e provavelmente fez
um pedido. Maria se enchia de alegria
ao ver seu filho pegar uma fruta madura no chão e oferecer aos pássaros que
vinham comer na sua mão.

Ela ensinava o menino Jesus, porque foi preparada por Deus, através do
Espírito Santo. Aos três anos de idade,
Jesus demonstrou interesse em deco-
rar todas as letras do alfabeto grego e
aprendeu a ler para interpretar os salmos das sagradas escrituras.

Maria sabia que o filho tinha interesse em aprender e o ensinou a falar
grego e hebraico, além de contornar
as primeiras letras escritas em ara-
maico. Com a inteligência herdada da
paternidade divina, Jesus rapidamen-
te aprendeu a ler, a escrever e a falar

fluentemente os principais idiomas da época.

Era importante que Jesus conhecesse as escrituras sagradas, porque Maria sabia o que representava o poder da palavra profetizada: "Eu sou o caminho, a verdade e a vida; ninguém vem ao Pai, senão por mim."

Sendo filho do Criador, Jesus podia ter escolhido nascer em uma família rica, mas preferiu a simplicidade de crescer na pobreza, viver entre pessoas humildes, na pequena vila de Nazaré, onde passou a infância e parte da adolescência, sem que ninguém desconfiasse da sua missão na Terra.

Dessa maneira, Jesus pôde viver como sendo a imagem do seu semelhante, fazendo somente o bem, sem olhar a quem. Mas, como todo menino, tinha seus momentos mais infantis, em que queria atenção e afeto.

Maria estava sempre ocupada, preparando refeições, lavando roupas e varrendo o quintal com uma vassoura de folhas de palmeira para atrair mais felicidades para a sua casa.

Enquanto isso, o menino Jesus pegava outra vassoura para brincar de trabalhar na limpeza dos arredores da casa. Mas ele parava e contemplava os pássaros que pousavam nas árvores, levando comida no bico para alimentar os filhotes. Assim como outras crianças, Jesus era um menino curioso, que, nessa idade, começam fazer perguntas sobre tudo, para que a mãe explique o porquê das coisas. Maria guardava consigo todos os segredos daquela criança de alma pura, que começava a despertar para a vida.

Uma vez que Jesus veio ao mundo como imagem dos seus semelhantes, ele procurava aprender e adquirir conhecimento necessário, pensar e raciocinar. Nesse contexto, o contato direto com a terra fazia parte da rotina do seu aprendizado, aguçando ainda mais a sua criatividade.

Ao mesmo tempo em que o menino se divertia com as brincadeiras, ele observava as flores das mais variadas cores, ouvia os cantos dos pássaros e admirava o colorido das asas das borboletas. Ele estava na idade da imaginação, e procurava ter contato com todas as coisas belas que ganhou de presente do Papai do Céu, tocando-as com as próprias mãos, para passar uma energia boa. Isso desenvolvia seus poderes mentais e sensoriais.

JOSÉ TAMBÉM AJUDAVA NO SERVIÇO DOMÉSTICO

Antes de sair para o trabalho, José fazia o serviço mais pesado da casa, incluindo a rotina de acordar cedo para buscar água da fonte. Ele regava as plantas da horta, as flores do jardim e abastecia a manjedoura feita de pedra com água fresca para matar a sede dos animais. Rachava algumas toras com golpes de machado e guardava as lascas de lenha embaixo do forno, porque o calor conservava a madeira ressecada, proporcionando uma melhor combustão na hora de acender o fogo.

Com o tempo que sobrava, rastelava os galhos secos e as folhas no quintal, para amontoá-las em cima de uma coivara. Nos dias de sol quente, acendia o fogo. Em seguida, colocava o solidéu na cabeça, pegava o embornal cheio de comida, com a alça atravessada no ombro, e cavalgava no mesmo burro que levou Maria a Belém, onde Jesus Cristo nasceu.

Esse animal havia sido deixado em Belém, aos cuidados de um parente distante, no dia em que a família fugiu para o Egito. Alguns dias depois, foi devolvido para o pai de José, na cidade de Nazaré, por alguém que relatou o desaparecimento misterioso da família, que saiu na calada da noite, sem deixar rastros. Nem a família de José soube da fuga secreta para o Egito e, mesmo quando voltaram, guardaram o segredo em casa, entre marido e mulher. Ninguém mais soube.

AS BRINCADEIRAS DAS CRIANÇAS

Os moradores daquele lugarejo viam Jesus como uma pessoa comum e muito conhecido por ser o filho do carpinteiro. Quando passava pelo povoado, segurando a mão de Maria, era admirado por seu sorriso simpático e encantador. As visitas à casa dos avós eram rotineiras. Ele brincava com as crianças dos dois lados da família, materno e paterno. Havia também meninas – Sara, Yasmin, Maria, Isabel – e meninos – Abraão, Isaac, Jacob, Moisés. Mas Jesus era único.

Todos gostavam de ganhar presentes, o que era tradição daquele povo. Por isso, Maria levava lembranças para os adultos: uma toalha bordada por ela ou um tapete artesanal feito no seu tear manual. Ela também confeccionava lindas bonecas de pano, costuradas à mão, para presentear as sobrinhas, que pulavam de alegria e corriam para abraçar a tia Maria.

As meninas sentavam-se no chão para fazer o jogo das pedrinhas. A ganhadora era quem conseguia pegar todas as pedras, sem deixar cair nenhuma. Todos usavam a criatividade, inventando outras maneiras de brincar, para estimular a habilidade e o raciocínio rápido.

José fazia os brinquedos dos garotos com as sobras de madeira. Fazia também miniaturas de cavalos puxando as ferramentas agrícolas; um beduíno nômade, montado em seu camelo, em viagem pelo deserto; ou os carros de bigas, com dois cavalos de corridas.

Os brinquedos que divertiam as

crianças também ajudavam no estímulo do aprendizado. Serviam como integração e adaptação ao meio social. Embora tivessem a mesma idade, os garotos preferiam atividades diferentes. Alguns estavam mais inclinados a brincar de luta, com espada e armadura, enquanto outros preferiam atividades mais pacíficas.

Jesus gostava de brincar com um bilboquê sozinho num canto, para desenvolver a habilidade de dominar a arte e distrair a cabeça.

A EMPRESA DE MARCENARIA

O trabalho na construção de casas na cidade de Séferis deu um fôlego para que José pensasse em montar uma sociedade com dois irmãos. A empresa seria no ramo de carpintaria. Eles também fariam apetrechos, incluindo cordas de sisal para amarrar as cargas e as rédeas dos camelos.

José montou o seu novo comércio em um lugar que parecia ter sido escolhido por Deus. Ele queria passar um tempo mais perto da família. Tinha o conforto de almoçar e tomar café da tarde em casa, ao lado de Maria e do menino Jesus.

Pela grandeza do seu trabalho, José tornou-se o homem mais conhecido da Galileia. Quase todos os moradores tinham algum objeto criado artesanalmente pelo grande carpinteiro, que trabalhava na região onde passavam viajantes que vinham de outras regiões de comércio.

Esses mercadores passavam por Nazaré em seu trajeto. Caminhavam muitas léguas pela planície da costa do litoral de Israel. Eles evitavam subir a cadeia de montanhas na região central da Palestina, porque tinham que escalar o monte Carmelo para chegar a Damasco, na Síria, onde o povo persa e os egípcios dominavam o comércio.

Nazaré estava muito perto do porto de Cesareia, na mesma província onde ficavam os escritórios aduaneiros, local indicado para realizar o trâmite legal das mercadorias que vinham de Damasco. Atendendo a uma convocação do rei Herodes, o pai de José fez parte da equipe de marceneiro, que desenvolveu o projeto audacioso para construir uma plataforma fixa no ancoradouro dos navios. O local, chamado porto de Cesareia, foi uma homenagem ao imperador César Augusto.

Desde pequeno, José admirava a mão firme do seu pai, que dava vida a peças e completava as partes que compunham os móveis de uma casa. Por isso, acreditava que a maior herança que um homem honesto pode deixar para os filhos é o orgulho pelo trabalho digno dos pais.

José falava com tanta admiração, que decidiu passar adiante o talento que desenvolveu na infância. Ficou muito feliz quando levou o menino Jesus ao seu trabalho. O filho tinha apenas 4 anos de idade, por isso queria servir de inspiração ao garoto, no momento em que fosse escolher a sua profissão.

José sentia-se um pai herói, com o desejo de ver seu menino crescido, utilizando as mesmas ferramentas de trabalho herdadas dos seus antepassados. Acreditava que a admiração poderia se transformar em vocação. Por ser um costume tradicional da época, o pai servia de espelho para o filho.

O menino Jesus olhava fixo para os movimentos das mãos de José talhando a madeira, enquanto retocava o acabamento de uma peça de encaixe. No final da tarde, Jesus estava ativo, enquanto organizava muito bem as ferramentas no painel para o dia seguinte. Estava cansado quando voltaram para casa, mas segurava firme para não cair da garupa do animal.

JESUS AJUDANDO A MÃE

Jesus dormiu bem na primeira noite, e acordou disposto a ajudar no trabalho de casa. Despertou com os primeiros raios de sol refletindo no horizonte, enquanto sua mãe girava o cabo do moinho. Ele encheu o forno de lenha, e Maria preparou a massa para assar o pão em cima das folhas de bananeira. Em seguida, sentou-se à mesa para comer biscoito molhado na caneca de chá.

Maria apenas o observava de longe, segurando o cabo da vassoura, pronta para destampar a boca do forno. Deixou os pães assados esfriando, e aproveitou para se ajoelhar com o filho, agradecendo e celebrando a partilha do pão! Ela costumava ficar em pé na soleira da porta, onde havia uma réstia de sol, com duas canecas de barro na mão, despejando o chá entre as canecas, para amornar. Aquele tipo de resfriamento natural fazia a fumaça evaporar no vento fresco da manhã.

Por muitas vezes, Maria distraía-se no serviço. Ela perdia o filho de vista, mas Jesus logo reaparecia misteriosamente, sorrindo à sua frente. Mesmo morno, o chá servia de calmante para ajudar passar o susto. Muito embora soubesse a sua força espiritual, tinha vontade de ralhar com o filho que Deus lhe deu.

OS COLABORADORES

José aproveitou a experiência de dois irmãos mais novos, que aprenderam a profissão do seu velho pai, para fazer uma parceria entre a família. Outras pessoas, especializadas em realizar o serviço mais pesado, cortavam a madeira na mata e puxavam os carros de bois, levando as toras para a serralheria, onde ocorria o desdobramento das vigas e dos baldrames.

O madeiramento bruto, aproveitado como matéria-prima de transformação, era usado na confecção de implementos agrícolas por meio de tração animal. Costumavam ser encomendados pelos trabalhadores rurais que tiravam da terra o sustento da família.

Na época, trabalhadores utilizavam equipamentos agrícolas artesanais, feitos por carpinteiros, na região do vale de Jezreel. De um modo primitivo, os carpinteiros entalhavam a madeira, batiam o martelo no formão para desbastar as peças na grosa, perfurando e girando o arco de pua com a mão.

Os homens demoravam quase um mês para construir um carro de boi, trabalhando de fio a pavio. Havia interrupções para socorrer um viajante em apuros, que pedia serviços de reparo nas cangalhas que sustentavam a carga em cima da corcova dos camelos.

JESUS GOSTAVA DE BRINCAR

Aos oito anos de idade, Jesus ficava na frente da marcenaria, brincando com o seu cachorro que veio na fuga do Egito. O cão era adestrado, o que deixava as pessoas impressionadas. O animalzinho de estimação tinha a habilidade de andar com as duas patas e pular dentro do arco de madeira feito por José. Assim como os viajantes das caravanas, o pai do menino Jesus também gostava de ver a brincadeira.

Os moradores da cidade também se divertiam e davam muitas risadas, deixando o sumo sacerdote Caifás, que lecionava na escola da sinagoga, com muita raiva. Sentindo-se incomodado, o professor saiu da sala de aula para implicar com o jovem Galileu e passou esbaforido no meio do pessoal, dizendo para acabar aquela bagunça no meio da rua.

José, que também estava no meio do barulho, admirado com a paciência do seu filho Jesus ao ensinar os movimentos habilidosos para o cão, parou diante de Caifás com as mãos-postas, em um pedido de perdão.

Caifás repeliu a desobediência do menino Jesus, dizendo que, quando se está na frente de um sacerdote, deve-se inclinar a cabeça e dizer: "Sim, venerável senhor!"

Jesus repetiu o gesto de saudação, juntando as duas mãos, e Caifás gargalhou de satisfação, mudando de expressão. Virou-se para José com a voz muito calma, e disse que o menino estava na idade de usar o tempo com coisas proveitosas. Admirado com a inteligência do menino, tentou convencer José a levá-lo para a escola, pois Jesus poderia ensinar sabedoria e o jeito certo de cumprimentar uma autoridade.

Jesus intrometeu-se na conversa, dizendo a José que queria ir à escola. Caifás o repeliu de uma maneira muito estúpida, dizendo que crianças não deviam dar palpite nas conversas dos adultos! Mas o menino não se calou, dizendo que estava nessa vida para aprender.

Caifás ficou irritado: "Não quero que você me interrompa."

A conversa seguiu em tom elevado.

"Então, me diga de que jeito vamos conversar, se não posso fazer perguntas professor?"

Caifás respondeu: "Levante sua mão para que possa conceber a palavra."

Jesus dirigiu-se a José com a mão direita levantada: "Peço ao senhor, meu pai, que me deixe frequentar as aulas."

José disse: "Concordo, mas seja prudente nas suas perguntas!"

"Sim, pai, prometo que serei."

Enquanto José entrava na marcenaria com o cachorro nos braços, Jesus foi levado para a escola.

Caifás explicava as coisas do seu modo para todos os alunos, que se sentavam em um tapete, apenas para ouvir e concordar.

Jesus também ouvia calado o professor proferir o seu discurso. Dizia para gravarem as palavras no fundo do coração, pois todos os galileus eram os verdadeiros filhos de Deus, o povo eleito pelo Senhor.

Jesus não demorou em levantar a mão para pedir permissão para falar e opinar. Ele percebeu que os outros alunos tinham medo de perguntar.

"Somos os preferidos? E por que somos dominados pelo Império Romano?", Jesus quis saber. Houve discordância e, no calor da conversa, Caifás insistiu em dizer que somente ele possuía a ciência do ensinamento bíblico! Os dois travaram um diálogo.

"E por que Deus deu essa ciência apenas para o professor, se somos todos iguais?"

"Porque você ainda não sabe o significado da palavra Deus. Ele não pode te ouvir!"

"Mestre, o senhor sabe como se pronuncia a palavra Deus em grego, latim, egípcio e fenício?"

Caifás falou: "A palavra Deus não existe nessas línguas!"

"Discordo do senhor. Em vez de ensinar, você está confundindo mais a cabeça dos alunos com os seus gritos."

"Eu grito porque quero fazer você ouvir as minhas palavras, para dissolver a névoa que está dentro da sua cabeça!"

"Entendo o seu ponto de vista, mas não concordo, porque os raios do sol dissolvem a névoa em silêncio. O senhor disse que a palavra Deus não existe em outras línguas, mas vou dizer que existe sim, porque sei o significado de cada palavra em todas as línguas."

Assustado, Caifás perguntou: "Quem andou ensinando tudo isso a você?"

"Foi um homem muito mais sábio do que o senhor, professor!"

Caifás gritou para que os alunos ficassem quietos, calçou suas sandálias e saiu empurrando Jesus pela rua, para levá-lo à marcenaria de José.

José, que estava de cabeça baixa martelando o formão na madeira, foi surpreendido com a fúria de Caifás. O professor disse, esbravejando: "Não quero mais esse menino estudando na minha escola. Ele teve a ousadia de falar na frente dos meus discípulos que conheceu um homem que sabia muito mais do que eu."

O homem saiu pisando duro pela

rua, sem dizer nada a ninguém, enquanto José conversou com o filho, que recebeu a inteligência que Deus lhe deu.

"Você falou dessa maneira com o sacerdote? O que vamos fazer agora? Não vão mais aceitá-lo na escola!"

JESUS APRENDIA QUANDO ESTAVA DORMINDO

Jesus, muito calmo, pegou na mão do seu pai e falou: "Vamos para a nossa casa, que a comida deve estar pronta! A minha mãe não pode esperar." José concordou com o filho.

Mais tarde, depois da oração em volta da mesa do jantar, enquanto José dividia o pão, ele falou com a esposa Maria: "O sacerdote Caifás não quer mais o nosso filho estudando na escola dele. O que vamos fazer?"

Com um semblante de serenidade, Maria perguntou a Jesus: "Você tirou alguma coisa proveitosa disso?"

José tomou a frente da conversa: "Ele disse que seguiria o meu conselho de aprender o ofício de marceneiro." Maria concordou com a cabeça, enquanto emendou a frase: "Faz muito bem, pois não se deve trocar o certo pelo duvidoso."

Jesus levantou a mão direita, em sinal de respeito para falar com os pais, e começou a dizer: "Em Seus ensinamentos, Deus diz que o homem deve viver do trabalho de suas mãos."

Maria admirou-se com o que seu filho disse e perguntou quem o havia ensinado esse tipo de filosofia. Jesus explicou que, à noite, depois de socorrer as pessoas em suas visões, gostava de ler os livros sagrados.

Admirado, José respondeu: "Filho, você lê em hebraico!" Feliz, repetiu diversas vezes: "Veja, Maria, esse menino pode ler as sagradas escrituras em hebraico!"

"As letras não são difíceis, meu pai. Difícil é interpretar o que está na alma das pessoas!"

Maria perguntou a José: "Lembra-se de quando combinamos que Jesus precisava aprender a sua profissão?"

"Sim!", José respondeu, "Então, Maria, por favor, prepare a comida para nós dois, pois iremos ao porto. Temos muitos barcos para consertar."

O PRIMEIRO DIA DE JESUS NO TRABALHO

José e Jesus saíram cedo na manhã seguinte. Pai e filho montaram em dois animais, e havia um burro de carga que levava as provisões em cima das cangalhas.

A caminho do trabalho, José dizia a Jesus que ensinaria a parte mais difícil da profissão. Era preciso ser um grande mestre da carpintaria para reparar um barco com fraturas no casco, abaixo da superfície do nível da água. Se houvesse alguma infiltração, a tripulação correria o risco de se machucar e até sofrer um naufrágio. O responsável pelo serviço assinava um termo de responsabilidade, deixando assegurada a integridade física dos pescadores. Se houvesse falha técnica, o profissional seria julgado pela corte romana e condenado com penalidade muito rigorosa.

José e Jesus pegaram o primeiro serviço do dia, solicitado por dois tripulantes de uma embarcação pesqueira, que queriam zarpar o mais rápido possível. Estavam pagando o serviço com três moedas, e, naquele momento, apareceram duas mulheres furiosas, acusando-os de terem sido enganadas numa negociação. Os agentes da lei prenderam os pescadores. As mulheres clamavam pela punição deles, repetindo que quem engana uma vez, engana duas e três.

Antes verificar a veracidade da acusação, o soldado leu a sentença: "Vamos conferir o produto. Se estiver errado, terão que devolver as três moedas do pagamento, e serão castigados com dez chibatadas."

José tentou apaziguar, dizendo que devolveria as três moedas que ganhou pelo serviço prestado, e, depois, receberia a quantia quando os rapazes voltassem da pescaria.

Jesus parecia alheio à confusão, mas, mesmo assim, deu a sua opinião: na negociação, o certo seria fazer um acordo. Uma das mulheres esbravejou, mas o guarda disse que o menino estava certo. Assim, começaram a contagem da mercadoria, e, para a alegria dos pescadores, a balança estava equilibrada.

Sem entender nada, as mulheres receberam a ordem de reverter a pena pela falsa acusação. Tiveram que pagar quatro moedas para os pescadores que ainda estavam muito assustados. O chefe da guarda disse: "A justiça é única. Se vocês não pagarem, serão presas em nome da lei."

Assim que aglomeração de pessoas curiosas se desfez, o marceneiro falou para os rapazes devolverem a quantia ressarcida ou doar aos pobres.

José perguntou a Jesus: "É isso que diz o seu livro, filho?"

Jesus respondeu: "Sim, pai! Ele diz também que os poderosos devem respeitar os humildes."

Jesus desenhava um mapa na areia, mostrando um ponto geográfico, onde os dois pescadores deveriam jogar as suas redes. Os cardumes estavam concentrados ali. "Confiem e Deus proverá pesca em abundância."

Ao longo de todo cais do porto, havia muitos barcos precisando ser impermeabilizados. José passou para verificar a frota de pesqueiros, batendo com o martelo na lateral das embarcações, para ter certeza da resistência da madeira.

As longarinas estavam prejudicadas em consequência das fortes tempestades e ventanias que retorciam a estrutura. Pai e filho aproveitaram o dia para substituir algumas tábuas podres, especialmente em locais onde houvesse risco de acidentes graves.

Jesus observava todos os detalhes: a sutileza das mãos de seu pai modelando uma peça de vedação com tanta perfeição, que, depois de acoplada, não passava nenhum pingo de água. Os pescadores chamavam José de mestre da sabedoria, porque entendia tudo de segurança e ainda se responsabilizava pelo serviço.

José e Jesus deixaram a região portuária de Cafarnaum, e cavalgaram por uma estrada estreita que contornava a colina, trajeto que os levava ao vilarejo de Nazaré. Nessa época, o lugar ficou conhecido como Flor da Galileia, pela sua localização em cima da montanha. As primeiras construções foram feitas em grutas de pedras, escavadas a mão. A exceção era José, que dominava a técnica de arquitetura e havia construído a melhor casa de Nazaré. Ele desenvolveu um projeto muito ousado: uma casa com vários cômodos de calcário, um material raro, que simbolizava a pureza do povo de Israel.

Após chegar do seu primeiro dia de trabalho como aprendiz de carpinteiro, Jesus foi direto para a estrebaria nos fundos da casa para colocar feno na cocheira e alimentar os animais.

JESUS TRABALHANDO COM O SEU PAI

No trabalho de aprendiz de carpinteiro, Jesus passou a ser supervisionado pelo seu pai José. Mesmo sendo filho do dono, ocupava o cargo de operário aprendiz, um serviço que exigia muita concentração, pois trabalhava com serras afiadas nas mãos.

Por medida de segurança, Jesus decidiu que, enquanto estivesse em serviço, evitaria conversar sobre esportes e religião.

Durante o trabalho, José também desenvolvia outra atividade paralela: fazia cordas a partir da fibra das folhas do sisal para vender aos viajantes. Depois de ter a fibra beneficiada, aproveitava para confeccionar cordões e fios de tecer os tapetes.

Por ser novo e ainda frágil, sem força nos braços para trabalhar com o madeiramento pesado, Jesus apenas observava os homens descarregarem as toras de cima do carro de bois.

Algumas vezes, gostava de ficar sozinho num canto reservado, nos fundos da marcenaria. Aproveitava para estudar com um professor particular, que só ele podia ver. Os pessoas viam apenas Jesus, sentado em silêncio no chão, enquanto os pergaminhos com os versículos do livro sagrado e o professor ao seu lado eram invisíveis aos olhos humanos.

O menino também reservava uma hora para brincar com seu cachorro malabarista, que saltava o arco de madeira e depois voltava respeitando o comando de voz do seu dono, e dava um novo salto para alegrar as pessoas.

Os galileus gostavam muito de animais que podiam ajudar no trabalho do dia a dia, especialmente os camelos e os muares, que faziam o serviço pesado. Os homens também criavam rebanhos de ovelhas para tirar a lã; as cabras forneciam o leite.

Os poucos cachorros que existiam vieram de outras nações, trazidos por pessoas mais abastadas que poderiam sustentar uma boca a mais na família, sem tirar a comida dos filhos.

Estabelecidos em Nazaré, José e Maria gostavam de ter o filho por perto, especialmente para evitar que Jesus convivesse com os malfeitores. Seu cão de estimação servia de companhia, retribuindo as brincadeiras com latidas e lambidas. O animal seguia Jesus a caminho do trabalho, para passar o dia inteiro deitado debaixo da bancada do jovem marceneiro.

O ENCONTRO COM O PRIMO JOÃO BATISTA

Jesus conheceu o primo João Batista aos 10 anos de idade. João chegou em uma comitiva, e foi deixado aos cuidados de José para passar uma temporada em Nazaré. Primeiro, João Batista disse ao primo Jesus que não era digno de ser seu amigo; depois, pediu que o levasse para ver a fonte de água da cidade de Nazaré.

Na hora em que João chegou, Maria ofereceu-lhe um prato de comida, mas o menino preferiu comer apenas frutas. Em seguida, Jesus e João correram pelas ruas da cidade, parando no comércio para conversar com as pessoas, que os saudavam e pediam a Deus lhes desse saúde e felicidade.

O pequeno João observou o processo de fabricação, em que os homens sopravam o molde para adquirir o formato do recipiente de vidro. Gostou também da arte dos oleiros, que trabalhavam a liga do barro que dava forma aos cântaros e aos jarros de bojo.

Enquanto caminhavam, os meninos paravam para comer frutas. Jesus pagava o alimento com o dinheiro que recebera de gratificação pelo seu trabalho de carpinteiro. Enfim chegaram à fonte de água, onde mulheres abasteciam seus cântaros de barro. João Batista fez uma prece para abençoar a água.

Na volta, os dois meninos foram surpreendidos por um grupo de anarquistas. Os garotos, da mesma idade deles, disseram ser gladiadores e os desafiaram a lutar em praça pública. Certamente não sabiam com quem estavam mexendo, porque apenas falaram, mas nada fizeram. Os "gladiadores" no primeiro passo contra Jesus e João, foram paralisados, ficaram igual a uma fileira de estátuas. Os valentões só voltaram a ser gente novamente quando os primos, que pregavam a paz, estavam longe, livres de qualquer ameaça.

No curto período em que passou na casa de José e Maria, João Batista foi tratado como filho, porque a tia Maria cuidara dele em seus primeiros dias de vida. Esse encontro fazia parte do plano de Deus. Mesmo não se sentindo digno de calçar as sandálias em Jesus, João Batista tratou de se fortalecer espiritualmente, com o propósito de salvar as pessoas pela graça da purificação.

O mesmo grupo de homens, que o trouxe, voltou com um cavalo a mais na comitiva, para levar o menino João que tinha seis meses de idade a mais que o seu primo irmão Jesus, depois cresceram e se encontraram somente no dia que Jesus foi batizado.

Para ter uma ocupação, Jesus continuou trabalhando como carpinteiro. As ruas de Nazaré estavam cheias de garotos desocupados, vivendo juntos com os bárbaros que provocavam a desordem.

Certo dia, após uma chuva pesada, Jesus decidiu mostrar a sua veia artística. A terra lamacenta estava no ponto exato de fazer a compactação, amassável na palma das mãos. Dessa argila, Jesus criou doze pássaros. Realçou a sua arte com um fino acabamento, dando-lhes aparência de esculturas vivas.

Um homem religioso reclamou com José que o menino Jesus estava profanando, porque, no sábado, ninguém podia trabalhar. Esse dia era considerado de Santo de Guarda. Ao ver que algumas pessoas estavam incomodadas com a perfeição do seu trabalho artístico, Jesus bateu palmas e os pássaros de barro saíram voando.

O velho ancião falou para José que a palavra de Jesus tinha poder.

O TEMPLO DE JERUSALÉM

Os moradores da Galileia festejavam a Páscoa no Templo de Jerusalém. Maria estava acostumada a segurar Jesus pela mão, para que ele não se perdesse no meio da multidão. Como os meninos de 12 anos de idade, Jesus queria mais liberdade para conversar com todas as pessoas que caminhavam na romaria. Ao chegarem ao templo, o menino Jesus cumprimentou os visitantes, falando essa frase: "Seja bem-vindo à casa do meu Pai." Estava disperso no meio dos outros peregrinos da caravana, pois, como de costume, os mais novos andavam na frente.

Na volta para casa, José e Maria queriam caminhar e conversar com pessoas conhecidas. Chegaram à parada onde passariam a noite, depois de andarem um dia inteiro. Notaram que Jesus não estava entre os primeiros a chegar. Perceberam que ele tinha se perdido e voltaram para procurá-lo. Três dias depois, conseguiram achá-lo no Templo de Jerusalém, debatendo com os doutores da lei. Os anciãos estavam admirados com a inteligência do menino de pouca idade. Disseram: "Esse não é o carpinteiro, filho de José e Maria?"

Assustada por ter perdido o filho que fugiu, Maria repreendeu Jesus. Mas ele replicou: "Por que vocês voltaram para me procurar? Não saberiam que eu devia estar na casa do meu Pai?"

José, nervoso com as noites de sono perdido, puxou o menino Jesus pelo braço e falou: "Vamos para a nossa casa, porque ainda temos muito trabalho para fazer na marcenaria. Existem muitos agricultores precisando de arados para cuidar da terra."

Jesus, sempre muito obediente, entendeu a preocupação dos seus pais e falou: "Vocês estão certos, porque a minha hora ainda não chegou!"

Longe das pessoas da caravana, puderam conversar entre família, enquanto caminhavam pelas trilhas estreitas da estrada montanhosa que levava à cidade de Nazaré.